诗书如画

声律之美

○ 给孩子的诗画启蒙书

范路明 主编
刘亚娜 绘

江苏凤凰科学技术出版社 · 南京

目录

下篇

東

一东·上

云对雨，雪对风。晚照[1]对晴空。

来鸿[2]对去燕，宿鸟对鸣虫。

三尺剑，六钧[3]弓。岭北对江东。

人间清暑殿[4]，天上广寒宫[5]。

两岸晓烟杨柳绿，一园春雨杏花红。

两鬓[6]风霜，途次[7]早行之客；

一蓑烟雨，溪边晚钓之翁。

注释

① 晚照：傍晚的阳光；夕阳。

② 鸿：大雁。

③ 钧：古代重量单位。

④ 清暑殿：宫殿名。

⑤ 广寒宫：传说中月亮上的宫殿。

⑥ 鬓（bìn）：鬓角，脸两边靠近耳朵的地方，也指这里的头发。

⑦ 途次：旅途中的住宿处，亦指半路上。次，停留，引申为停留之处。

女子眉纖額下現一彎新月己亥年亞娜

一东·下

贫对富，塞对通。野叟[①]对溪童。

鬓皤[②]对眉绿，齿皓[③]对唇红。

天浩浩[④]，日融融[⑤]。佩剑对弯弓。

半溪流水绿，千树落花红。

野渡燕穿杨柳雨，芳池鱼戏芰[⑥]荷风。

女子眉纤，额下现一弯新月；

男儿气壮，胸中吐万丈长虹。

注释

① 野叟：村野老人。

② 皤（pó）：白色。

③ 皓：洁白。

④ 浩浩：形容广阔宏大的样子。

⑤ 融融：形容日光和暖、明媚的样子。

⑥ 芰：菱角的一种。两角为菱，四角为芰。

二冬·上

春对夏，秋对冬。暮鼓对晨钟①。

观山对玩水，绿竹对苍松。

冯妇虎②，叶公龙③。舞蝶对鸣蛩④。

衔泥双紫燕，课蜜⑤几黄蜂。

春日园中莺恰恰⑥，秋天塞外雁雍雍⑦。

秦岭云横，迢递⑧八千远路；

巫山雨洗，嵯峨⑨十二危⑩峰。

注释

① 暮鼓、晨钟：古代寺庙建有钟楼和鼓楼，用以报时。日出敲钟，日落击鼓。

② 冯妇虎：春秋时晋国有一个人叫冯妇，善于打虎。

③ 叶公龙：春秋时楚国人叶公喜欢龙。龙听说后来看他，结果叶公却吓得魂不附体。

④ 蛩（qióng）：蟋蟀。

⑤ 课蜜：采蜜。

⑥ 恰恰：自然和谐的样子，形容莺的叫声。

⑦ 雍雍：象声词，大雁的叫声。

⑧ 迢递：遥远的样子。

⑨ 嵯峨：山势高耸险峻的样子。

⑩ 危：高。

五老峰高秀插云霄如玉笔
己亥亞娜

二冬·下

明对暗，淡对浓。上智[①]对中庸[②]。

镜奁[③]对衣笥[④]，野杵[⑤]对村舂。

花灼烁[⑥]，草蒙茸[⑦]。九夏对三冬。

台高名戏马[⑧]，斋小号蟠龙[⑨]。

手擘[⑩]蟹螯从毕卓，身披鹤氅[⑪]自王恭。

五老峰高，秀插云霄如玉笔；

三姑石大，响传风雨若金镛[⑫]。

注释

① 上智：智力超群的人。

② 中庸：指中等、平庸的人。

③ 镜奁：盛放梳妆用具的匣子。

④ 衣笥（sì）：盛放衣物的器具，多用竹子编成。

⑤ 杵：舂米的木棒。

⑥ 灼烁：花盛开时光彩明艳的样子。

⑦ 蒙茸：草木茂盛的样子。

⑧ 戏马：指戏马台，在江苏，相传项羽曾在此处驰马游乐。

⑨ 蟠龙：指蟠龙斋，是东晋桓玄所建，后为刘毅所居。

⑩ 擘：掰，剖开。

⑪ 鹤氅（chǎng）：用鸟的羽毛做成的外套。

⑫ 金镛：用青铜铸造的大钟。

秋雨潇潇漫烟黄花都满径
己亥春月亚娜画

三江·上

楼对阁，户对窗。巨海对长江。

蓉裳对蕙帐，玉斝[1]对银釭[2]。

青布幔，碧油幢。宝剑对金缸[3]。

忠心安社稷[4]，利口[5]覆家邦。

世祖[6]中兴延[7]马武[8]，桀王[9]失道杀龙逄[10]。

秋雨潇潇，漫烂黄花都满径；

春风袅袅，扶疏绿竹正盈窗。

注释

① 斝（jiǎ）：古代盛酒的器具。

② 银釭（gāng）：银白色的灯盏、烛台。

③ 金缸：又作“金釭”，古代宫殿壁间横木上的饰物。

④ 社稷：指国家。后文的“家邦”，也指国家。

⑤ 利口：指能言善辩的奸佞之人。

⑥ 世祖：指东汉光武帝刘秀。

⑦ 延：邀请任用。

⑧ 马武：字子张，东汉开国功臣。

⑨ 桀王：夏朝的最后一位君王，是历史上有名的暴君。

⑩ 龙逄（páng）：夏朝的忠臣，名叫关龙逄。

江

三 江·下

旌对旆[1]，盖[2]对幢[3]。故国对他邦。

千山对万水，九泽对三江。

山岌岌[4]，水淙淙[5]。鼓振[6]对钟撞。

清风生酒舍，白月照书窗。

阵上倒戈[7]辛纣[8]战，道旁系颈子婴[9]降。

夏日池塘，出没浴波鸥对对；

春风帘幕，往来营垒[10]燕双双。

注释

① 旌、旆：两者都是旗子的意思。

② 盖：车盖。

③ 幢：指挂在车上或者船上的帷帐。

④ 岌岌：形容高耸的样子。

⑤ 淙淙：形容水流的声音。

⑥ 振：敲鼓。

⑦ 倒戈：指叛变。

⑧ 辛纣：商纣王。

⑨ 子婴：秦始皇长子扶苏的儿子。

⑩ 营垒：这里指燕子筑巢。

半池红菡萏
一架白荼蘼
己亥亞娜

四支·上

茶对酒，赋对诗。燕子对莺儿。

栽花对种竹，落絮对游丝[①]。

四目颉[②]，一足夔[③]。鸲鹆[④]对鹭鸶[⑤]。

半池红菡萏[⑥]，一架白荼蘼[⑦]。

几阵秋风能应候[⑧]，一犁春雨甚知时。

智伯恩深，国士[⑨]吞变形之炭；

羊公[⑩]德大，邑人竖堕泪之碑。

注释

① 游丝：在空中飘荡的细丝，多为蜘蛛等虫类所吐。

② 四目颉：仓颉是黄帝的史官，传说他有四只眼睛，创造了汉字。

③ 一足夔（kuí）：夔是舜的臣子，精通音律，舜曾说过“一夔足矣”，意思是像夔这样的臣子，得到一个就足够了。

④ 鸲鹆（qú yù）：一种鸟，俗称八哥。

⑤ 鹭鸶：即白鹭。

⑥ 菡萏（hàn dàn）：荷花的别称。

⑦ 荼蘼：落叶小灌木，春末夏初时开白花。

⑧ 应候：适应节气、时令的意思。

⑨ 国士：一国中最优秀的人，此处指豫让。

⑩ 羊公：指西晋的羊祜，深受百姓爱戴。

己亥亞娜

五微·上

来对往，密对稀。燕舞对莺飞。

风清对月朗①，露重对烟微。

霜菊②瘦，雨梅肥。客路③对渔矶④。

晚霞舒锦绣，朝露缀珠玑⑤。

夏暑客思欹⑥石枕，秋寒妇念寄边衣⑦。

春水才深，青草岸边渔父去；

夕阳半落，绿莎⑧原上牧童归。

注释

① 朗：明亮。

② 霜菊：菊花的花期为秋季，已下霜，所以称为霜菊。

③ 客路：指旅途。

④ 矶：水边的石滩或突出的大石。

⑤ 珠玑：珠宝玉石。

⑥ 欹：倚靠。

⑦ 边衣：古代边防战士穿的衣裳。

⑧ 莎：莎草，也叫香附子，可入药。

儆

五微·下

宽对猛[1]，是对非。服美对乘肥[2]。

珊瑚对玳瑁[3]，锦绣对珠玑。

桃灼灼[4]，柳依依。绿暗对红稀。

窗前莺并语，帘外燕双飞。

汉致太平三尺剑，周臻[5]大定一戎衣。

吟成赏月之诗，只愁月堕[6]；

斟满送春之酒，惟[7]憾春归。

注释

① 宽、猛：宽，政策宽容。猛，政策严苛。

② 乘肥："乘肥马"的简称，指坐着骏马驾的车子。

③ 玳瑁：海洋中的一种动物，形似龟。

④ 灼灼：形容花开得茂盛。

⑤ 臻：达到。

⑥ 堕：坠落，落下。

⑦ 惟：只是。

鱼

六鱼·上

无对有，实对虚。作赋对观书。

绿窗对朱户，宝马对香车。

伯乐马，浩然[1]驴。弋雁[2]对求鱼。

分金齐鲍叔[3]，奉璧蔺相如[4]。

掷地金声孙绰赋[5]，回文锦字窦滔书[6]。

未遇殷宗，胥靡[7]困傅岩之筑；

既逢周后，太公[8]舍渭水之渔。

注释

① 浩然：相传，唐代诗人孟浩然曾骑驴冒雪寻梅作诗。

② 弋雁：射雁。

③ 齐鲍叔：春秋时齐国鲍叔牙。

④ 蔺相如：战国时赵国大夫蔺相如。

⑤ 孙绰赋：指晋代文学家孙绰所写的《天台山赋》。

⑥ 窦滔书：指晋代窦滔的妻子给他织的回文诗书信。

⑦ 胥靡：古代的一种刑罚，这里指受胥靡之刑的人，即傅说。

⑧ 太公：指西周开国功臣姜尚，他曾在渭水钓鱼，后来辅佐周文王成就大业。

潜鱼

六鱼·下

终对始，疾对徐。短褐[1]对华裾[2]。

六朝对三国，天禄[3]对石渠[4]。

千字策，八行书[5]。有若[6]对相如[7]。

花残无戏蝶，藻密有潜鱼。

落叶舞风高复下，小荷浮水卷还舒。

爱见人长，共服宣尼[8]休假盖[9]；

恐彰己吝，谁知阮裕[10]竟焚车。

注释

① 短褐：指粗布短衣。

② 华裾：华美的衣服。

③ 天禄：天禄阁，汉宫中藏书阁名。

④ 石渠：石渠阁，西汉皇室藏书之处。

⑤ 八行书：指书信。

⑥ 有若：人名，字子有，孔子弟子。

⑦ 相如：人名。战国时有蔺相如，西汉时有司马相如。

⑧ 宣尼：即孔子。

⑨ 假盖：借伞。假，借。

⑩ 阮裕：东晋人，他有一辆好车，有人安葬母亲，想向他借车又怕被拒绝而不敢开口，阮裕知道后，觉得自己有好车，别人却不敢借，要这车没用，就把车烧掉了。

金對玉
寶對珠
玉兔對金烏

七虞·上

金对玉，宝对珠。玉兔[1]对金乌[2]。

孤舟对短棹[3]，一雁对双凫[4]。

横醉眼，捻吟须。李白[5]对杨朱[6]。

秋霜多过雁，夜月有啼乌。

日暖园林花易赏，雪寒村舍酒难沽[7]。

人处岭南，善探巨象口中齿；

客居江右，偶夺骊龙[8]颔下珠。

注释

① 玉兔：传说月亮上有一只捣药的白兔，所以用玉兔代指月亮。

② 金乌：传说太阳中有三足金乌，所以用金乌代指太阳。

③ 棹：桨之类的划船工具，也可代指小船。

④ 凫：野鸭之类的水鸟。

⑤ 李白：唐朝著名的诗人，世称“诗仙”。

⑥ 杨朱：先秦道家学派代表人物之一，战国初魏国人。

⑦ 沽：买。

⑧ 骊龙：传说中黑色的龙。

七虞·下

贤对圣，智对愚。傅粉对施朱。

名缰对利锁，挈榼[1]对提壶。

鸠[2]哺子，燕调雏。石帐[3]对郇厨[4]。

烟轻笼岸柳，风急撼庭梧。

鸜眼[5]一方端石砚，龙涎[6]三炷博山炉。

曲沼[7]鱼多，可使渔人结网；

平田兔少，漫劳[8]耕者守株。

注释

① 挈榼（qiè kē）：提着酒壶或食盒。挈，提。榼，盛酒的器具，亦泛指盒一类的器物。

② 鸠：鸟名。

③ 石帐：晋代富豪石崇跟人比富，设了五十里的锦帐。

④ 郇（xún）厨：唐代郇国公韦陟生活奢靡，厨中多美味佳肴。

⑤ 鸜（qú）眼：即鸲鹆眼，指石上的圆形斑点。

⑥ 龙涎：一种香料的名字。

⑦ 曲沼：曲池，曲折迂回的池塘。

⑧ 漫劳：徒劳，空使。

鶴長對鳧短水雁對山雞亞娜畫

八齐·上

岩对岫①，涧对溪。远岸对危堤②。

鹤长③对凫短④，水雁对山鸡。

星拱北⑤，月流西⑥。汉露⑦对汤霓⑧。

桃林牛已放，虞坂马长嘶。

叔侄去官闻广、受⑨，弟兄让国有夷、齐⑩。

三月春浓，芍药丛中蝴蝶舞；

五更天晓，海棠枝上子规啼。

注释

① 岫：山谷，也可指峰峦。

② 危堤：高高的水坝。危，高。

③ 鹤长：鹤的腿很长。

④ 凫短：野鸭的腿很短。

⑤ 星拱北：群星环绕着北极星。拱，拱卫、环绕。

⑥ 月流西：月亮向西方偏斜。

⑦ 汉露：指汉武帝迷信神仙，立铜仙人舒掌捧铜盘承接甘露，希望喝了长生不老。

⑧ 汤霓：指成汤征讨天下，百姓盼望他来就像大旱的时候盼望看见雨前云彩和雨后彩虹一样。

⑨ 广、受：指汉代的疏广与其侄儿疏受，两人一起辞官回乡。

⑩ 夷、齐：指伯夷和叔齐两兄弟。

八齐·下

熊对虎，象对犀。霹雳[1]对虹霓。

杜鹃对孔雀，桂岭对梅溪。

萧史[2]凤，宋宗[3]鸡。远近对高低。

水寒鱼不跃，林茂鸟频栖。

杨柳和烟彭泽[4]县，桃花流水武陵溪[5]。

公子追欢，闲骤玉骢[6]游绮陌；

佳人倦绣，闷欹[7]珊枕掩香闺。

注释

① 霹雳：又急又响的雷。
② 萧史：春秋时秦国人，善于吹箫，相传曾吹箫引来凤凰。
③ 宋宗：晋人宋处宗有一只长鸣鸡，养在窗前，相传能和人交谈。
④ 彭泽：在今江西省内，晋人陶渊明曾任此县县令。
⑤ 武陵溪：即桃花源。
⑥ 玉骢：即玉花骢，泛指骏马。
⑦ 欹：又作“攲”，斜倚。

佳

九佳·上

丰对俭，等对差。布袄对荆钗[1]。

雁行对鱼阵[2]，榆塞[3]对兰崖[4]。

挑荠[5]女，采莲娃。菊径对苔阶。

《诗》成六义[6]备，乐奏八音[7]谐。

造律吏哀秦法酷，知音人说郑声[8]哇。

天欲飞霜，塞上有鸿行已过；

云将作雨，庭前多蚁阵先排。

注释

① 荆钗：指用荆枝做成的髻钗，古代贫家妇女用。

② 鱼阵：规模较大的鱼群。

③ 榆塞：泛指边塞。

④ 兰崖：生长着兰草的山崖。

⑤ 荠：荠菜。

⑥ 六义：《诗经》中的“风、雅、颂、赋、比、兴”。

⑦ 八音：我国古代对乐器的统称，通常为金、石、丝、竹、匏、土、革、木八种不同材质所制。

⑧ 郑声：春秋时期郑国的民间音乐。

竹映读书斋

九佳·下

城对市，巷对街。破屋对空阶。

桃枝对桂叶，砌蚓对墙蜗。

梅可望[1]，橘堪怀[2]。季路对高柴[3]。

花藏沽酒[4]市，竹映读书斋。

马首不容孤竹[5]扣，车轮[6]终就洛阳埋。

朝宰锦衣，贵束乌犀之带[7]；

宫人宝髻，宜簪白燕之钗。

注释

① 梅可望：指望梅止渴的典故。

② 橘堪怀：指三国时期陆绩曾在怀中藏橘孝敬母亲，后来“怀橘”成了孝敬父母的典故。

③ 季路、高柴：这两人都是孔子的学生。

④ 沽酒：卖酒。

⑤ 孤竹：指孤竹君的两个儿子，伯夷和叔齐。

⑥ 车轮：出自东汉时期张纲举报贪官的典故。

⑦ 乌犀之带：用黑色犀角做装饰的腰带。

十灰·上

沙对水，火对灰。雨雪对风雷。

书淫①对传癖②，水浒③对岩隈④。

歌旧曲，酿新醅⑤。舞馆对歌台。

春棠经雨放，秋菊傲霜开。

作酒固难忘曲蘖⑥，调羹⑦必要用盐梅。

月满庾楼⑧，据胡床而可玩；

花开唐苑，轰羯鼓⑨以奚催。

注释

① 书淫：爱书入迷的人。一般指晋人皇甫谧，亦指南朝梁人刘峻。

② 传癖：以热爱经典为癖好的人。

③ 水浒：水边。

④ 岩隈：深山中曲折的地方。

⑤ 新醅：刚刚酿造出来的酒。

⑥ 曲蘖：酒曲，酿酒用的酵母。

⑦ 调羹：调和羹汤。

⑧ 庾楼：即庾亮楼，指武昌南楼。

⑨ 羯鼓：古代打击乐器的一种。

宫花對御柳
峻閣對高台
己亥年亞娜

十灰·下

休①对咎②，福对灾。象箸③对犀杯。

宫花对御柳，峻阁④对高台。

花蓓蕾，草根荄⑤。剔⑥藓对剜⑦苔。

雨前庭蚁闹，霜后阵鸿哀。

元亮⑧南窗今日傲，孙弘⑨东阁几时开。

平展青茵⑩，野外茸茸软草；

高张翠幄，庭前郁郁凉槐。

注释

① 休：吉庆，美善。

② 咎：灾祸。

③ 象箸（zhù）：象牙做的筷子。

④ 峻阁：高峻的楼阁。

⑤ 根荄（gāi）：植物的根。

⑥ 剔：剔除。

⑦ 剜：（用刀子等）挖。

⑧ 元亮：指晋代陶渊明，字元亮。

⑨ 孙弘：指西汉的公孙弘。

⑩ 茵：褥垫，褥席。

闲爱登山穿谢屐

十一 真·上

哀对乐，富对贫。好友对嘉宾。

弹冠对结绶[①]，白日对青春[②]。

金翡翠[③]，玉麒麟。虎爪对龙鳞。

柳塘生细浪，花径起香尘。

闲爱登山穿谢屐[④]，

醉思漉[⑤]酒脱陶[⑥]巾。

雪冷霜严，倚槛松筠[⑦]同傲岁；

日迟[⑧]风暖，满园花柳各争春。

注释

① 弹冠、结绶：“弹冠”和“结绶”都是指好友互相推荐做官。

② 青春：春天。

③ 金翡翠：一般指镶金的翡翠饰品。

④ 谢屐（jī）：一种前后齿可装卸的木屐。原为南朝宋诗人谢灵运游山时所穿，故称。

⑤ 漉：过滤。

⑥ 陶：指陶渊明。

⑦ 松筠：松树和竹子。

⑧ 日迟：即日迟迟。形容白日很长，阳光温暖、光线充足的样子。

乙亥年春亞卿畫

十一 真·下

香对火，炭对薪[1]。日观[2]对天津[3]。

禅心[4]对道眼，野妇对宫嫔。

仁无敌[5]，德有邻[6]。万石对千钧。

滔滔三峡水，冉冉[7]一溪春。

充国[8]功名当画阁，子张[9]言行贵书绅[10]。

笃志诗书，思入圣贤绝域；

忘情官爵，羞沾名利纤尘。

注释

① 薪：指柴薪。

② 日观：泰山的山峰名。

③ 天津：天河的渡口。亦为桥名，即天津桥，故址在今河南洛阳西南。

④ 禅心：佛教用语。

⑤ 仁无敌：出自《孟子》："仁者无敌。"

⑥ 德有邻：出自《论语》："德不孤，必有邻。"

⑦ 冉冉：形容水流缓慢的样子。

⑧ 充国：指西汉大臣赵充国。

⑨ 子张：孔子的弟子。

⑩ 绅：束在腰间，一头垂下的带子。

衡峰秋早
奕亞娜畫

十二 文·上

家对国，武对文。四辅[①]对三军[②]。

“九经”对“三史”，菊馥[③]对兰芬。

歌北鄙[④]，咏南熏[⑤]。迩[⑥]听对遥闻。

召公周太保，李广汉将军。

闻化蜀民皆草偃[⑦]，争权晋土已瓜分。

巫峡夜深，猿啸苦哀巴[⑧]地月；

衡峰秋早，雁飞高贴楚天云。

注释

① 四辅：官名。相传古代天子有四个辅佐大臣，称“四辅”。具体说法不一。

② 三军：军队的通称。

③ 馥（fù）：香气浓郁。

④ 北鄙：国家的北部边境地区。传说殷纣王喜爱北鄙的音乐，因此北鄙之声也被称为亡国之音。

⑤ 南薰：舜弹五弦琴，曾经作《南风》诗，诗中有“南风之薰兮，可以解吾民之愠兮”的句子。后世以南薰为和煦、抚育的意思。

⑥ 迩（ěr）：近。

⑦ 草偃：像草一样弯曲身体，比喻臣服、顺从。

⑧ 巴：地名，今四川东部一带。

花有艷竹成文
馬燧對羊欣

十二 文·下

敧对正，见对闻。偃[1]武对修文。

羊车[2]对鹤驾[3]，朝旭对晚曛。

花有艳，竹成文。马燧[4]对羊欣[5]。

山中梁宰相[6]，树下汉将军[7]。

施帐解围嘉道韫[8]，当垆[9]沽酒叹文君。

好景有期，北岭几枝梅似雪；

丰年先兆，西郊千顷稼如云。

注释

① 偃：停止。

② 羊车：宫中用羊牵引的小车。

③ 鹤驾：传说仙人王子乔是周灵王的太子，后来骑鹤成仙，后人就称太子或仙人的车驾为鹤驾。

④ 马燧：中唐名将。

⑤ 羊欣：南朝宋书法家。

⑥ 梁宰相：指南朝梁时的陶弘景，因隐居句容句曲山，被称为“山中宰相”。

⑦ 汉将军：指东汉大将冯异，被称为“大树将军”。

⑧ 道韫：谢道韫，晋代才女，曾帮丈夫王凝之的弟弟施帐解围。

⑨ 垆：旧时酒店里安放酒瓮的土台子，亦指酒店。

缕缕轻烟芳草渡
己亥年亞娜畫

十三 元·上

幽对显，寂对喧。柳岸对桃源。

莺朋对燕友，早暮对寒暄[1]。

鱼跃沼，鹤乘轩[2]。醉胆对吟魂。

轻尘生范甑[3]，积雪拥袁门[4]。

缕缕轻烟芳草渡，丝丝微雨杏花村。

诣[5]阙[6]王通，献太平[7]十二策；

出关老子，著道德[8]五千言。

注释

① 暄：暖。

② 鹤乘轩：卫懿公喜爱鹤，让鹤乘坐官员的轩车。后代因此常用“鹤乘轩”来比喻因为帝王的宠幸而滥得官位。

③ 范甑：东汉时范丹家境贫困，饭甑上落满灰尘。

④ 袁门：指东汉时袁安的家门。

⑤ 诣：到。

⑥ 阙：宫殿，引申为朝廷。

⑦ 太平：指《太平策》。

⑧ 道德：指《道德经》。

元

十三 元·下

儿对女，子对孙。药圃①对花村②。

高楼对邃阁③，赤豹对玄猿。

妃子骑④，夫人轩⑤。旷野对平原。

匏巴⑥能鼓瑟，伯氏⑦善吹埙。

馥馥早梅思驿使，萋萋芳草怨王孙。

秋夕月明，苏子⑧黄岗游赤壁；

春朝花发，石家⑨金谷⑩启芳园。

注释

① 药圃（pǔ）：种植药材的园子。

② 花村：开满鲜花的村庄。

③ 邃阁：深幽的楼阁。

④ 妃子骑：为杨贵妃送鲜荔枝的驿站快马。

⑤ 夫人轩：即鱼轩，车用鱼皮做装饰，是古代诸侯夫人乘坐的车。

⑥ 匏（páo）巴：古代传说中的音乐家。

⑦ 伯氏：大哥，长兄。

⑧ 苏子：指宋代大文豪苏轼。

⑨ 石家：指晋代富豪石崇家。

⑩ 金谷：金谷园，石崇所建。石崇经常在园中大宴宾客，极尽豪奢。

龍舟對鳳輦
己亥年亞娜畫

十四 寒·上

多对少，易对难。虎踞对龙蟠。

龙舟对凤辇[①]，白鹤对青鸾。

风淅淅[②]，露漙漙[③]。绣毂[④]对雕鞍。

鱼游荷叶沼，鹭立蓼[⑤]花滩。

有酒阮貂[⑥]奚用解，无鱼冯铗[⑦]必须弹。

丁固梦松，柯叶忽然生腹上；

文郎画竹，枝梢倏尔长毫端。

注释

① 凤辇：天子乘坐的车驾，以金凤为饰。

② 淅淅：形容风声或雨声。

③ 漙漙：露水很多的样子。

④ 绣毂：指装饰华丽的车。毂，车轮的中心部位。

⑤ 蓼：一年生草本植物，开浅红色或白色的花。

⑥ 阮貂：指晋代阮孚曾用金貂换酒。

⑦ 冯铗：指战国时齐国人冯谖。

江水流長環繞似青羅帶
海蟾輪滿澄明如白玉盤

十四 寒·下

寒对暑，湿对干。鲁隐[1]对齐桓[2]。

寒毡对暖席，夜饮对晨餐。

叔子[3]带，仲由[4]冠。郏鄏[5]对邯郸[6]。

嘉禾忧夏旱，衰柳耐秋寒。

杨柳绿遮元亮宅，杏花红映仲尼坛[7]。

江水流长，环绕似青罗带；

海蟾[8]轮满，澄明如白玉盘。

注释

① 鲁隐：指春秋时的鲁隐公。

② 齐桓：指春秋时的齐桓公。

③ 叔子：晋代名臣羊祜，字叔子。

④ 仲由：孔子的学生，字子路。

⑤ 郏鄏（jiá rǔ）：古地名，周朝的东都，在今河南洛阳。

⑥ 邯郸：地名，战国时赵国的国都，在今河北省境内。

⑦ 仲尼坛：孔子讲学的杏坛。仲尼是孔子的字。

⑧ 海蟾：指月亮。

驢困客方經灞水
雞鳴人已出函關

十五 删·上

兴对废，附对攀。露草对霜菅。

歌廉[①]对借寇[②]，习孔[③]对希颜[④]。

山垒垒，水潺潺。奉璧对探环[⑤]。

《礼》由公旦[⑥]作，《诗》本仲尼[⑦]删。

驴困客[⑧]方经灞水[⑨]，鸡鸣人[⑩]已出函关。

几夜霜飞，已有苍鸿辞北塞；

数朝雾暗，岂无玄豹[⑪]隐南山。

注释

① 歌廉：歌颂廉范。东汉时的廉范为官清廉。

② 借寇：挽留寇恂。东汉时的寇恂做官很好，受到当地百姓挽留。

③ 习孔：学习孔子。

④ 希颜：效仿颜回。

⑤ 探环：晋人羊祜五岁的时候曾经在邻居李氏家的桑树中掏到金环一枚。主人见到后认出金环是他死去的儿子的物品，于是认为羊祜是他的儿子转世。

⑥ 公旦：周公旦，制定了周朝的礼乐制度。

⑦ 仲尼：孔子，字仲尼，曾删减《诗经》。

⑧ 客：指唐朝诗人孟浩然。

⑨ 灞水：河名，在今陕西省。

⑩ 人：指战国时齐国的孟尝君。

⑪ 玄豹：黑色的豹子。

栖迟避世人
草衣木食
己亥年亚娜画

十五 删·下

犹对尚[①]，侈[②]对悭[③]。雾髻对烟鬟。

莺啼对鹊噪，独鹤对双鹇[④]。

黄牛峡[⑤]，金马山[⑥]。结草对衔环[⑦]。

昆山[⑧]惟玉集，合浦[⑨]有珠还。

阮籍旧能为眼白，老莱新爱着衣斑。

栖迟避世人，草衣木食；

窈窕倾城女，云鬟花颜。

注释

① 尚：尚且。

② 侈：奢侈，浪费。

③ 悭（qiān）：省俭，吝啬。

④ 鹇：一种鸟，又名银雉。

⑤ 黄牛峡：黄牛山，长江峡名。

⑥ 金马山：山名，在今云南昆明附近。

⑦ 结草、衔环：都含有报恩的意思。

⑧ 昆山：指昆仑山，以出产美玉而闻名。

⑨ 合浦：地名。传说那里不生产粮食，但是出产珍珠。

己亥年亞娜

一先·上

晴对雨，地对天。天地对山川。

山川对草木，赤壁[1]对青田[2]。

郏鄏鼎[3]，武城弦[4]。木笔[5]对苔钱[6]。

金城三月柳，玉井九秋莲。

何处春朝风景好，谁家秋夜月华圆。

珠缀花梢，千点蔷薇香露；

练横树杪[7]，几丝杨柳残烟。

注释

① 赤壁：山名，著名的古战场。

② 青田：山名。在浙江青田西北境。

③ 郏鄏鼎：即定鼎于郏鄏，在郏鄏建都的意思。

④ 武城弦：孔子弟子子游在武城做官的时候，曾经以弦歌教化民众。

⑤ 木笔：树名，即辛夷。

⑥ 苔钱：苔藓。

⑦ 杪（miǎo）：树枝的细梢。

春园花柳地
秋沼芰荷天
己亥年画娜

一 先·下

前对后，后对先。众丑对孤妍[①]。

莺簧[②]对蝶板[③]，虎穴对龙渊。

击石磬[④]，观韦编[⑤]。鼠目对鸢肩。

春园花柳地，秋沼芰荷天。

白羽[⑥]频挥闲客坐，乌纱[⑦]半坠醉翁[⑧]眠。

野店几家，羊角[⑨]风摇沽酒旆；

长川一带，鸭头[⑩]波泛卖鱼船。

注释

① 妍：美丽，美好。

② 莺簧：形容莺的叫声婉转，像笙簧一类的乐器所发出的声音。

③ 蝶板：蝴蝶飞的时候两个翅膀扇动，像在拍板一样。

④ 磬：一种玉、石或金属制成的打击乐器。

⑤ 韦编：泛指古籍。

⑥ 白羽：指羽扇，为文人雅士所喜爱。

⑦ 乌纱：指官帽。

⑧ 醉翁：指宋代欧阳修。

⑨ 羊角：旋风。

⑩ 鸭头：鸭头色绿，故用以形容水色。

水远对山遥
己亥亞娜畫

二萧·上

恭对慢[①]，吝对骄。水远对山遥。

松轩[②]对竹槛，雪赋对风谣[③]。

乘五马[④]，贯双雕[⑤]。烛灭对香消。

明蟾[⑥]常彻夜[⑦]，骤雨不终朝[⑧]。

楼阁天凉风飒飒，关河[⑨]地隔雨潇潇。

几点鹭鸶，日暮常飞红蓼岸；

一双鸂鶒[⑩]，春朝频泛绿杨桥。

注释

① 慢：轻慢，因轻视而怠慢对方。

② 轩：有窗的长廊或小屋。

③ 风谣：咏风的歌谣。

④ 五马：指代太守。

⑤ 贯双雕：指一箭射中两只雕，形容箭法高超。

⑥ 明蟾：指月亮。传说月宫中有蟾蜍。

⑦ 彻夜：通宵，整夜。

⑧ 终朝：一整天。

⑨ 关河：指函谷等关与黄河。亦泛指关山河川。

⑩ 鸂鶒（xī chì）：一种水鸟，毛多紫色，俗称紫鸳鸯。

幽寺尋僧逸興豈知俄尔盡
己亥年亞娜畫

二萧·下

班对马[1]，董对晁[2]。夏昼对春宵。

雷声对电影，麦穗对禾苗。

八千路，廿四桥[3]。总角[4]对垂髫[5]。

露桃匀嫩脸，风柳舞纤腰。

贾谊赋成伤《鹏鸟》[6]，周公诗就托《鸱鸮》[7]。

幽寺寻僧，逸兴[8]岂知俄尔[9]尽；

长亭送客，离魂不觉黯然消。

注释

① 班、马：指汉代的班固、司马迁，两人都撰写史书。

② 董、晁：指汉代的董仲舒、晁错，两人都精通经典。

③ 廿（niàn）四桥：又称“二十四桥”。一说为桥名，故址在今江苏扬州瘦西湖畔。一说为二十四桥总称。

④ 总角：代指童年时期。

⑤ 垂髫（tiáo）：古代幼儿垂下的头发，代指儿童或童年。

⑥ 《鹏（fú）鸟》：指《鹏鸟赋》。鹏鸟，猫头鹰一类的鸟。

⑦ 《鸱鸮（chī xiāo）》：为《诗经》篇名。鸱鸮，鸟，头大，嘴短而弯曲。

⑧ 逸兴：超凡脱俗的兴致。

⑨ 俄尔：忽然，一下子。

边韶常被昼眠嘲

三肴·上

《风》对《雅》，象对爻[1]。巨蟒对长蛟。

天文对地理，蟋蟀对蟏蛸[2]。

龙夭矫[3]，虎咆哮。北学对东胶[4]。

筑台须垒土，成屋必诛茅。

潘岳[5]不忘《秋兴赋》，边韶[6]常被昼眠[7]嘲。

抚养群黎[8]，已见国家隆治；

滋生万物，方知天地泰交。

注释

① 象、爻（yáo）：象，《周易》学术语，即卦象。爻，《周易》中组成卦的符号。

② 蟏蛸（xiāo shāo）：蜘蛛的一种，俗称蟢子。

③ 夭矫：屈伸自如的样子。

④ 北学、东胶：两者皆为古学校名称。

⑤ 潘岳：西晋时的文学家，《秋兴赋》是他的代表作之一。

⑥ 边韶：东汉文人。

⑦ 昼眠：白天睡觉。

⑧ 群黎：黎民百姓。

墙畔佳人
飘扬竞把秋千舞

三 肴·下

牛对马，犬对猫。旨酒①对嘉肴。

桃红对柳绿，竹叶对松梢。

藜杖②叟，布衣③樵④。北野对东郊。

白驹形皎皎⑤，黄鸟语交交⑥。

花圃春残无客到，柴门夜永⑦有僧敲。

墙畔佳人，飘扬竞⑧把秋千舞；

楼前公子，笑语争将蹴踘⑨抛。

注释

① 旨酒：美酒。

② 藜杖：用藜的老茎制作的手杖。

③ 布衣：布制的衣服，借指平民。

④ 樵：指樵夫，打柴的人。

⑤ 皎皎：形容颜色洁白。

⑥ 交交：鸟叫的声音。

⑦ 夜永：夜深。

⑧ 竞：争着。

⑨ 蹴踘：一种古代的球类运动，类似于现在的足球。

春風兩岸武陵桃

四豪·上

琴对瑟，剑对刀。地迥对天高。

峨冠对博带[1]，紫绶[2]对绯袍[3]。

煎异茗，酌香醪[4]。虎兕[5]对猿猱[6]。

武夫攻骑射，野妇务[7]蚕缫[8]。

秋雨一川淇澳竹，春风两岸武陵桃。

螺髻[9]青浓，楼外晚山千仞[10]；

鸭头绿腻[11]，溪中春水半篙。

注释

① 峨冠：很高的帽子；博带：宽大的衣带。峨冠博带是古代儒生或士大夫的装束。

② 紫绶：紫色的丝带。

③ 绯袍：红色的官服。

④ 香醪（láo）：美酒。

⑤ 兕（sì）：古代兽名，犀牛的一种。

⑥ 猿猱（náo）：泛指猿猴。

⑦ 务：致力于。

⑧ 缫（sāo）：从蚕茧上抽出丝来。

⑨ 螺髻：螺壳状的发髻，常用以比喻耸起如髻的峰峦。

⑩ 仞：古代的长度单位。

⑪ 腻：形容颜色浓重。

己亥年亞娜畫

四豪·下

刑对赏，贬对褒[1]。破斧对征袍。

梧桐对橘柚，枳棘[2]对蓬蒿[3]。

雷焕剑[4]，吕虔刀[5]。橄榄对葡萄。

一椽[6]书舍小，百尺酒楼高。

李白能诗时秉笔[7]，刘伶[8]爱酒每铺糟[9]。

礼别尊卑，拱北[10]众星常灿灿；

势分高下，朝东万水自滔滔。

注释

① 褒：赞扬，夸奖。

② 枳棘（zhǐ jí）：枳木与棘木，多刺。

③ 蓬蒿：蓬草和蒿草。

④ 雷焕剑：晋代的雷焕曾得到一对宝剑。

⑤ 吕虔刀：三国时魏国吕虔有一把宝刀。

⑥ 椽（chuán）：架着屋顶的木条，也指房屋的间数。

⑦ 秉笔：执笔。

⑧ 刘伶：魏晋时的名士，嗜好饮酒。

⑨ 铺糟：饮酒，吃酒糟。

⑩ 北：指北极星。

饮酒岂知欹醉帽观棋不觉烂樵柯

五歌·上

山对水，海对河。雪竹对烟萝[1]。

新欢对旧恨，痛饮对高歌。

琴再抚，剑重磨。媚柳对枯荷。

荷盘[2]从[3]雨洗，柳线[4]任风搓。

饮酒岂知欹醉帽[5]，观棋不觉烂樵柯[6]。

山寺清幽，直踞千寻[7]云岭；

江楼宏敞[8]，遥临万顷烟波。

注释

① 烟萝：像青烟一样飘动着的藤萝。

② 荷盘：荷叶。

③ 从：任从。

④ 柳线：柳条细长下垂如线。

⑤ 欹醉帽：指醉酒后帽子歪斜半落。

⑥ 烂樵柯：砍柴的斧头的木柄都烂掉了。后以“烂柯”谓岁月流逝，人事变迁。

⑦ 千寻：形容极高或极长。古以八尺为一寻。

⑧ 宏敞：高大宽敞。

己亥年春月亞娜画于津

五歌·下

繁对简，少对多。里[1]咏对途歌。

宦情[2]对旅况，银鹿对铜驼。

刺史鸭[3]，将军鹅[4]。玉律对金科[5]。

古堤垂亸[6]柳，曲沼长新荷。

命驾吕[7]因思叔夜[8]，引车蔺[9]为避廉颇。

千尺水帘，今古无人能手卷；

一轮月镜，乾坤何匠用功磨。

注释

① 里：里巷。

② 宦情：做官的志趣、意愿。亦指做官的心情。

③ 刺史鸭：唐杭州刺史李远喜吃绿头鸭。

④ 将军鹅：晋代书法家王羲之官至右将军，生性爱鹅。

⑤ 玉律、金科：即金科玉律，指不可变更的法令或规则。后多比喻不可变更的信条。

⑥ 亸（duǒ）：下垂。

⑦ 吕：吕安，晋代人。

⑧ 叔夜：晋代名士嵇康，字叔夜。

⑨ 蔺：指战国时的蔺相如。

六麻·上

松对柏，缕[①]对麻。蚁阵[②]对蜂衙[③]。

赪鳞[④]对白鹭，冻雀对昏鸦。

白堕[⑤]酒，碧沉[⑥]茶。品笛对吹笳[⑦]。

秋凉梧堕叶，春暖杏开花。

雨长[⑧]苔痕侵壁砌，月移[⑨]梅影上窗纱。

飒飒秋风，度城头之筚篥[⑩]；

迟迟晚照，动江上之琵琶。

注释

① 缕：丝线。

② 蚁阵：蚂蚁爬行排成的队列，犹如军阵。

③ 蜂衙：指飞绕的蜂群或蜂巢。群蜂早晚聚集，簇拥蜂王，如旧时官吏到上司衙门排班参见。

④ 赪（chēng）鳞：鱼的赤色鳞片，亦指鳞片赤色的鱼。

⑤ 白堕：一个擅长酿制美酒的人，后来人们就用白堕酒泛指美酒。

⑥ 碧沉：泛指好茶。

⑦ 笳（jiā）：胡笳，中国古代北方民族的一种乐器，类似笛子。

⑧ 长（zhǎng）：滋长，助长。

⑨ 移：指月亮将花的影子投映到窗上。

⑩ 筚篥（bì lì）：即觱篥，古代少数民族的一种管乐器，多用于军中。

山不断水无涯

六麻·下

优对劣，凸对凹。翠竹对黄花。

松杉对杞梓，菽麦[1]对桑麻。

山不断，水无涯。煮酒对烹茶。

鱼游池面水，鹭立岸头沙。

百亩风翻陶令[2]秫[3]，一畦[4]雨熟邵平瓜[5]。

闲捧竹根[6]，饮李白一壶之酒；

偶擎桐叶，啜卢仝[7]七碗之茶。

注释

① 菽麦：豆和麦。

② 陶令：指晋代陶渊明，他曾做彭泽县令。

③ 秫（shú）：黏高粱，多用于酿酒。

④ 畦：排列整齐的田地，古代称五十亩田为一畦。

⑤ 邵平瓜：邵平，原是秦东陵侯，秦亡后成为平民，在长安城东种瓜，瓜甜味美，人称“邵平瓜”。

⑥ 竹根：用竹根制作的酒具。

⑦ 卢仝（tóng）：唐代诗人。

深院落小池塘
己亥亞娜

七阳·上

高对下，短对长。柳影对花香。

词人对赋客，五帝[①]对三王[②]。

深院落，小池塘。晚眺[③]对晨妆。

绛霄[④]唐帝殿，绿野[⑤]晋公堂。

寒集谢庄[⑥]衣上雪，秋添潘岳[⑦]鬓边霜。

人浴兰汤[⑧]，事不忘于端午；

客斟菊酒，兴常记于重阳。

注释

① 五帝：上古传说中的五位贤明的帝王，具体说法不一。

② 三王：一般指夏禹、商汤、周文王。

③ 眺：向远处看。

④ 绛霄：宫殿名。

⑤ 绿野：即绿野堂，指唐代晋国公裴度的私家庄园。

⑥ 谢庄：南朝宋大臣，文学家。

⑦ 潘岳：西晋文学家，著有《秋兴赋》。

⑧ 浴兰汤：旧有五月五日沐浴兰汤的习俗。

春飲方歸紗帽半淹鄰居酒
己亥年亞娜畫

七 阳·下

尧对舜，禹对汤。晋宋对隋唐。

奇花对异卉[①]，夏日对秋霜。

八叉手[②]，九回肠[③]。地久对天长。

一堤杨柳绿，三径菊花黄。

闻鼓塞兵[④]方战斗，听钟宫女正梳妆。

春饮方归，纱帽半淹邻舍酒；

早朝初退，衮衣[⑤]微惹[⑥]御炉[⑦]香。

注释

① 卉：草的总称，亦指花。

② 八叉手：将两手相拱八次，出自唐朝温庭筠考试时双手互相交叉八次就写成八韵的典故。后用来形容才思敏捷。

③ 九回肠：愁肠反复翻转，比喻忧思郁结难解。

④ 塞兵：边塞驻扎的士兵。

⑤ 衮（gǔn）衣：古代帝王及王公绣龙的礼服。

⑥ 惹：沾染上。

⑦ 御炉：皇宫中使用的香炉。

蜂胥對
蝶翄

八庚·上

深对浅，重对轻。有影对无声。

蜂腰对蝶翅，宿醉[1]对余酲[2]。

天北缺[3]，日东生。独卧对同行。

寒冰三尺厚，秋月十分明。

万卷书容闲客览，一樽[4]酒待故人倾。

心侈唐玄[5]，厌看霓裳之曲；

意骄陈主[6]，饱闻玉树之赓[7]。

注释

① 宿醉：经过一夜尚未全醒的余醉。

② 余酲（chéng）：酒醒后神志不清，好像患病一样的感觉。

③ 天北缺：据《淮南子·天文训》里说，天是由四座大山在东、南、西、北四个方向支撑起来的，西北方由不周山支撑。共工与颛顼争夺天帝的位置，共工发怒而撞垮了不周山，西北方缺了支撑物。

④ 樽（zūn）：古代盛酒的器具。

⑤ 唐玄：指唐玄宗，曾作《霓裳羽衣曲》。

⑥ 陈主：指南朝陈后主，曾作《玉树后庭花》。

⑦ 赓（gēng）：继续。引申为作歌唱和。

撫動琴絃遠覓座中風雨
己亥亞娜
劉
亞娜

八庚·下

渔对猎，钓对耕。玉振对金声。

雉城①对雁塞②，柳袅对葵倾。

吹玉笛，弄银笙。阮杖③对桓筝④。

墨呼松处士⑤，纸号楮先生⑥。

露浥好花潘岳县，风搓细柳亚夫⑦营。

抚动琴弦，遽觉座中风雨至；

哦⑧成诗句，应知窗外鬼神惊。

注释

① 雉城：古代城墙上的矮墙，也泛指城墙。

② 雁塞：山名，亦泛指北方边塞。

③ 阮杖：晋代阮修经常把钱挂在手杖上，到酒店喝酒。

④ 桓筝：晋代桓伊擅长弹筝，曾借为晋孝武帝弹筝之际，为老臣谢安鸣不平。

⑤ 松处士：古代的墨大多用松烟制成，所以称墨为松处士。

⑥ 楮先生：纸的雅称。古代制纸多以楮树为原料，故有此称。

⑦ 亚夫：汉代名将周亚夫。

⑧ 哦（é）：吟咏。

龟曳尾

九青·上

红对紫，白对青。渔火对禅扃。

唐诗对汉史，释典[1]对仙经。

龟曳尾[2]，鹤梳翎[3]。月榭[4]对风亭。

一轮秋夜月，几点晓天星。

晋士只知山简[5]醉，楚人谁识屈原[6]醒。

倦绣佳人，慵把鸳鸯文作枕；

吮毫[7]画者，思将孔雀写[8]为屏。

注释

① 释典：佛经。

② 曳尾：拖着尾巴。

③ 翎：鸟翅或尾上的长羽毛。

④ 月榭：赏月的台榭。

⑤ 山简：晋代名士，常常喝醉酒，人称“醉山翁”。

⑥ 屈原：战国时期楚国人。

⑦ 吮毫：犹含毫吮笔。借指构思为文或绘画。

⑧ 写：画，绘画。

青

九青·下

行对坐，醉对醒。佩紫对纡青①。

棋枰②对笔架，雨雪对雷霆。

狂蛱蝶，小蜻蜓。水岸对沙汀③。

天台孙绰④赋，剑阁⑤孟阳⑥铭。

传信子卿⑦千里雁，照书车胤⑧一囊萤。

冉冉白云，夜半高遮千里月；

澄澄碧水，宵中寒映一天星。

注释

① 佩紫、纡青：都是指官员佩戴的印绶，借指地位显赫。

② 棋枰：棋盘，棋局。

③ 沙汀：水边或水中的小沙洲。

④ 孙绰：东晋诗人，著有《天台山赋》。

⑤ 剑阁：或称剑门，位于四川，为古蜀道要隘。

⑥ 孟阳：晋代张载，字孟阳，著有《剑阁铭》。

⑦ 子卿：指西汉出使西域的苏武，字子卿。

⑧ 车胤：东晋大臣，小时候因家贫，用萤火虫照明读书。

新對舊降對昇白犬對蒼鷹己亥云娜

十蒸·上

新对旧，降对升。白犬对苍鹰。

葛巾[1]对藜杖，涧水对池冰。

张兔网，挂鱼罾[2]。燕雀对鹍鹏[3]。

炉中煎药火，窗下读书灯。

织锦逐梭[4]成舞凤，画屏误笔作飞蝇。

宴客刘公[5]，座上满斟三雅爵[6]；

迎仙汉帝[7]，宫中高插九光灯。

注释

① 葛巾：用葛布做的头巾。

② 罾：一种用木棍或竹竿做支架的方形渔网。

③ 鹍鹏：传说中的大鸟名。比喻才能卓越、志向高远的人。亦指鲲和鹏。

④ 梭：织布的工具。

⑤ 刘公：指刘表。

⑥ 三雅爵：刘表有三种酒杯——“伯雅”“仲雅”“季雅”。

⑦ 汉帝：指汉武帝。

己亥年亞娜畫

十 蒸·下

规对矩[1]，墨对绳[2]。独步对同登。

吟哦对讽咏，访友对寻僧。

风绕屋，水襄陵[3]。紫鹄[4]对苍鹰。

鸟寒惊夜月，鱼暖上春冰。

扬子[5]口中飞白凤，何郎[6]鼻上集青蝇。

巨鲤跃池，翻几重之密藻；

颠猿饮涧，挂百尺之垂藤。

注释

① 规、矩：规是画圆形的工具，矩是画方形的工具。规矩表示礼法、法度。

② 绳：木工用的墨线，引申为标准、法则，又引申为按一定的标准去衡量、纠正。

③ 水襄陵：大水漫上丘陵。

④ 鹄：天鹅。

⑤ 扬子：汉代文人扬雄。

⑥ 何郎：指何晏，南阳宛（今河南南阳宛城区）人。

十一 尤·上

荣对辱，喜对忧。夜宴对春游。

燕关对楚水，蜀犬对吴牛。

茶敌①睡，酒消愁。青眼对白头。

马迁②修《史记》，孔子作《春秋》③。

适兴子猷④常泛棹⑤，思归王粲⑥强登楼。

窗下佳人，妆罢重将金插鬓；

筵前舞妓，曲终还要锦缠头⑦。

注释

① 敌：克制，抵抗。

② 马迁：指司马迁，西汉的史学家、文学家，著有《史记》。

③ 《春秋》：儒家经典，编年体史书。相传孔子据鲁史修订而成。

④ 子猷：东晋名士王徽之，字子猷。

⑤ 泛棹：划船。

⑥ 王粲：东汉末年文学家，著有《登楼赋》。

⑦ 缠头：古代歌舞艺术表演结束后，客人赠送的财物。

十一 尤·下

唇对齿，角对头。策马[①]对骑牛。

毫尖对笔底，绮阁[②]对雕楼[③]。

杨柳岸，荻[④]芦洲。语燕对啼鸠。

客乘金络[⑤]马，人泛木兰舟[⑥]。

绿野耕夫春举耜[⑦]，碧池渔父晚垂钩。

波浪千层，喜见蛟龙得水；

云霄万里，惊看雕鹗[⑧]横秋[⑨]。

注释

① 策马：用马鞭抽打马，驱马使行。

② 绮阁：华丽的楼阁。

③ 雕楼：华丽的阁楼。

④ 荻：一种生在水边的植物。

⑤ 金络：指以黄金装饰的马笼头。

⑥ 木兰舟：用木兰树造的船。后常用于对船的美称。

⑦ 耜（sì）：一种古代使用的农耕工具，形状像现在的锹。

⑧ 雕鹗：两种能飞的猛禽。

⑨ 横秋：此处指猛禽飞行于秋天的高空。

艳红花弄色

十二侵·上

前对后，古对今。野兽对山禽。

犍牛[①]对牝马[②]，水浅对山深。

曾点瑟[③]，戴逵琴[④]。璞玉[⑤]对浑金[⑥]。

艳红花弄色，浓绿柳敷阴。

不雨汤王方剪爪[⑦]，有风楚子正披襟[⑧]。

书生惜壮岁韶华，寸阴尺璧；

游子爱良宵光景，一刻千金。

注释

① 犍（jiān）牛：阉过的公牛。

② 牝（pìn）马：母马。

③ 曾点瑟：孔子问弟子志向，曾点停止鼓瑟，站起身作答。

④ 戴逵琴：东晋时的戴逵善于弹琴。

⑤ 璞玉：没有经过雕琢的玉。

⑥ 浑金：没有经过提炼的金。

⑦ 剪爪：商汤为了求雨，剪下头发与指甲。

⑧ 披襟：敞开衣襟。多喻舒畅心怀。

十二 侵·下

丝对竹，剑对琴。素志[1]对丹心。

千愁对一醉，虎啸对龙吟。

子罕玉[2]，不疑金[3]。往古对来今。

天寒邹吹律[4]，岁旱傅为霖[5]。

渠[6]说子规为帝魄，侬[7]知孔雀是家禽。

屈子[8]沉江，处处舟中争系粽；

牛郎渡渚，家家台上竞穿针。

注释

① 素志：向来怀有的志向。

② 子罕玉：春秋时宋国的子罕曾经拒绝别人送的玉。

③ 不疑金：汉代的直不疑被怀疑偷金，直不疑把自己的金子给了失主。

④ 邹吹律：传说战国时齐国人邹衍吹动律管，能让天气变暖。

⑤ 傅为霖：商代的傅说被任用为宰相，商王说他可以当作天下甘霖，意思是让他为老百姓解决实际问题。

⑥ 渠：第三人称代词，他。

⑦ 侬：我。侬在古诗文中作为人称代词，亦可指你，亦可泛指一般人。

⑧ 屈子：屈原。

虎視已眈眈
己亥年亞娜畫

十三 覃·上

千对百，两对三。地北对天南。

佛堂对仙洞[①]，道院[②]对禅庵。

山泼黛[③]，水浮蓝[④]。雪岭对云潭。

凤飞方翙翙[⑤]，虎视已眈眈[⑥]。

窗下书生时讽咏，筵前酒客日耽酣[⑦]。

白草[⑧]满郊，秋日牧征人之马；

绿桑盈亩，春时供农妇之蚕。

注释

① 仙洞：仙人的洞府。

② 道院：道士居住的地方。

③ 泼黛：形容山色如一片墨绿。

④ 浮蓝：形容天阔或水面呈一片蔚蓝。

⑤ 翙翙（huì）：形容鸟飞翔时发出的声音。

⑥ 眈眈：贪婪而凶狠地注视。

⑦ 耽酣：沉溺，爱好（饮酒）而沉醉其中。

⑧ 白草：牧草。干熟时呈白色，故名。

己亥年亚娜画

十三 覃·下

将对欲[1]，可对堪。德被对恩覃[2]。

权衡对尺度，雪寺对云庵。

安邑枣[3]，洞庭柑[4]。不愧对无惭。

魏徵[5]能直谏，王衍[6]善清谈。

紫梨摘去从山北，丹荔传来自海南。

攘[7]鸡非君子所为，但当月一；

养狙[8]是山公之智，止用朝三。

注释

① 欲：将要，想要。

② 德被、恩覃（tán）：恩德广布，无不覆盖。一般用以歌颂天子之德遍及四方。

③ 安邑枣：出自《史记·货殖列传》，指安邑千树枣。安邑，古地名，在今山西省，自古以产枣闻名。

④ 洞庭柑：即洞庭橘。洞庭湖一带以盛产柑橘闻名。

⑤ 魏徵：唐朝政治家，因直言进谏出名。

⑥ 王衍：西晋大臣。

⑦ 攘：偷窃。

⑧ 养狙：饲养猴子。狙，猕猴。

辟侯对诗史

十四 盐·上

悲对乐，爱对嫌。玉兔对银蟾[①]。

醉侯[②]对诗史[③]，眼底对眉尖。

风习习[④]，月纤纤。李苦对瓜甜。

画堂施锦帐，酒市舞青帘。

横槊赋诗传孟德[⑤]，引壶酌酒尚陶潜。

两曜[⑥]迭明，日东生而月西出；

五行[⑦]式序[⑧]，水下润而火上炎。

注释

① 玉兔、银蟾：传说月亮上有玉兔和蟾蜍，所以都代指月亮。

② 醉侯：对好酒善饮者的美称。一般指魏晋名士刘伶。

③ 诗史：指杜甫，他的诗被称为“诗史”。

④ 习习：微风和煦的样子。

⑤ 孟德：指曹操，字孟德，汉末杰出的政治家、军事家、文学家。

⑥ 两曜：指日、月。日、月、星都称为曜。

⑦ 五行：金、木、水、火、土。

⑧ 式序：按次第顺序录功劳。

探珠對獻玉鷺立對鱼潛

十四 盐·下

如对似，减对添。绣幕对朱帘。

探珠对献玉①，鹭立对鱼潜。

玉屑饭②，水晶盐③。手剑对腰镰。

燕巢依邃阁，蛛网挂虚檐④。

夺槊⑤至三唐敬德⑥，弈棋第一晋王恬⑦。

南浦⑧客归，湛湛春波千顷净；

西楼人悄，弯弯夜月一钩纤。

注释

① 献玉：春秋时楚人卞和得宝玉，献给楚王。

② 玉屑饭：传说中以玉屑做的饭，食之可无疾。

③ 水晶盐：一种像水晶一样晶莹的盐。

④ 虚檐：凌空的房檐。

⑤ 槊：长矛，一种古代兵器。

⑥ 唐敬德：唐朝的尉迟敬德，擅长使长矛。

⑦ 晋王恬：东晋的王恬擅长下棋，号称天下第一。

⑧ 南浦：南面的水边。常用来指送别之地。

鶯睍睆燕呢喃柳杞對松杉

十五 咸·上

清对浊，苦对咸。一启对三缄[1]。

烟蓑对雨笠，月榜[2]对风帆。

莺睍睆[3]，燕呢喃。柳杞对松杉。

情深悲素扇，泪痛湿青衫。

汉室既能分四姓[4]，周朝何用叛三监[5]。

破的[6]而探牛心，豪矜[7]王济[8]；

竖竿以挂犊鼻[9]，贫笑阮咸[10]。

注释

① 三缄：指说话谨慎，不轻易开口。

② 榜：船桨，亦指船。

③ 睍睆（xiàn huàn）：美好的样子，形容鸟的叫声悦耳。

④ 四姓：一指东汉明帝时外戚樊、郭、阴、马四姓；二指以郡望或官位分为甲、乙、丙、丁四等，谓之“四姓”。

⑤ 叛三监：指背叛了周朝的三人，即管叔、蔡叔、霍叔。

⑥ 破的：指射箭正中靶心。

⑦ 矜：夸耀，骄傲。

⑧ 王济：西晋时期官员。

⑨ 犊鼻：犊鼻裤、短裤。

⑩ 阮咸：魏晋时期名士，文学家。

泰山萬仞勢岩岩
己亥年亞娜畫

十五 咸·下

冠对带，帽对衫。议鲠[1]对言谗。

行舟对御马，俗弊[2]对民喦[3]。

鼠且硕，兔多毚[4]。史册对书缄。

塞城[5]闻奏角，江浦[6]认归帆。

河水一源形弥弥[7]，泰山万仞势岩岩[8]。

郑为武公，赋缁衣[9]而美德；

周因巷伯，歌贝锦以伤谗。

注释

① 议鲠：议论正直，不从众。

② 俗弊：不良的社会风气。

③ 民喦（yán）：民心不齐。

④ 毚（chán）：毚兔，指大而狡猾的兔子。

⑤ 塞城：边塞的城楼。

⑥ 江浦：江滨。亦泛指江河。

⑦ 弥弥：形容水又深又满。

⑧ 岩岩：形容山势高耸。

⑨ 缁衣：古代用黑色帛做的朝服。

图书在版编目（CIP）数据

声律之美 / 范路明主编；刘亚娜绘. — 南京：江苏凤凰科学技术出版社, 2023.1
（诗书如画）
ISBN 978-7-5713-3018-7

Ⅰ.①声… Ⅱ.①范… ②刘… Ⅲ.①诗词格律—中国—少儿读物 Ⅳ.①I207.21-49

中国版本图书馆CIP数据核字(2022)第117602号

诗书如画
声律之美

主　　编	范路明
绘　　者	刘亚娜
总 策 划	左晓红
责任编辑	唐　仪　傅　昕　刘文芳
助理编辑	高荣嵘
营销编辑	王梦青
音频录制	秦　苏
责任校对	仲　敏
责任监制	刘文洋
出版发行	江苏凤凰科学技术出版社
出版社地址	南京市湖南路1号A楼，邮编：210009
出版社网址	http://www.pspress.cn
编读信箱	skqsfs@163.com
印　　刷	南京新世纪联盟印务有限公司
开　　本	889 mm × 1 194 mm　1/16
印　　张	7.625
字　　数	100 000
版　　次	2023年1月第1版
印　　次	2023年1月第1次印刷
标准书号	ISBN 978-7-5713-3018-7
定　　价	39.80元